寡黙な鳥

長島　蛎遺歌集

本書は昭和四十四年八月、文寿堂印刷所より発行された。

目次

カット　長島　蛎
装　丁　長島　一道
　　　　大下　一真

『寡黙な鳥』に寄せて

昭和四十四年一月七日、もっと正確に言えば同日午前十時二十四分、国鉄蕨駅保線区に勤務中、不慮の事故によって君は死を迎えた。東京起点18K986mの路線の傍に二十四年間の君の生涯は果てたのだ。

君の作歌活動は「香蘭」に始まった。昭和三十七年六月のことである。以来四十一年五月迄四年間休詠はしながらも二百八十四首の歌を発表した。三十八年春、君が歌人として慕っていた滝沢亘によって「日本抒情派」が創刊されるとそれに加わった。しかし「日本抒情派」の生命は短く、滝沢亘の死とともに解散の結果となった。三十九年四月、君は東洋大学二部文学部国文学科へ入学、そして実兄である私とともに二部学生だけによる短歌研究会を発足させて会誌「斜塔」を創刊した。「斜塔」は今日なお続いていて、十五号迄に君の発表した歌は二百六十四首を数える。君の作歌活動の重要な部分は「斜塔」によるところが多いと思う。「香蘭」を退いてよりは結社へ属さなかっただけに「斜塔」へ傾けた力は量り知れないと言えるのである。

君の歌は決して明るい歌とは言えない。それは君の性格からくるところと、苦しみぬいた生活が背景に潜んでいるからであろう。小学校六年頃より高校を終える迄の約八年間、君には墨染の法衣をまとう修行僧の一期間があった。二十四年の生涯からすればこの八年間の占める割合は大きい。僧侶に疑問をいだき君は法衣を脱いだ。父をすでに失くしていた君は一人で歩まねばならない運命と自らが決めて苦闘の道へ踏み入ったのである。アルバイトを重ね、そして最後国鉄へ就職を決めて間もなかったのである。

更に君の歌について言うならば、短歌というものを純粋に考え、現代に相応したものにしようと試みたことが数々の歌や文章から汲みとれるのである。「香蘭」を退いて結社へ属さなかったこともあろうが歌詠みとして君の名は歌壇に残らないに近い。しかし君は君自身納得のゆく歌を考え、詠んだのではないだろうか。

『寡黙の鳥』と自らを示して「斜塔」創刊号に五十首の大作を発表した。「斜塔」が君にとって重要な活動の場であったこと、しかもその創刊号に発表した大作が「寡黙の鳥」であったことがこの遺歌集の題へとつながるものとなった。「寡黙な鳥」即ち長島蛎君、君はひとり空へとび去り再び帰ってこないのである。

没後百ケ日忌を迎えこの遺歌集を出版し君をあらためて偲ぶと同時に一途に君の冥福を祈るものである。

実兄一道　合掌

為正信院義道英勝居士菩提

寡黙な鳥

梢吹く風

昭和三十七年〜三十八年

序

私が作歌に心のよりどころを求めるようになる以前は、詩に似た形はしているが何だかわからないミョウチキリンなものを作って、ともすれば修行僧として夜学生として感ずる重い圧迫の下に耐えられなくなる心を支えて来た。(後略)

自殺

私は自殺を愚かな行為と考える
しかし私の命は
私自らの手によって
断たれるかも知れない

嘲笑

〝人の命は短い
短い命を楽しもうとして
人間どもは苦しむ〟
悪魔はこう言って大声で笑い

闇に消え去った
　車輪の下
ハンスを下敷にした
車輪の上に
彼の先生や牧師や父が
乗っていた
私の体を乗り越えてゆく
車輪の上には
私自身が乗っている

——自編「作歌以前」より

作歌を始めてより二年、この間に作った歌は総て私の〝喘ぎ〟である。修行僧としての自己を意識する時に感ずる息苦しいまでの圧迫、その圧迫の下に耐えつつ、或は耐え切れず発した私の〝喘ぎ〟である。

（中略）

喘ぎながら生きて来てまたこれからも喘ぎつづけなければならないのが定められた私の運命かも知れない。（中略）

そこに〝死〟以上の苦しみを覚えるならば、そこから鍛えられた芸術が生まれる。

——自選歌集「梢吹く風」序文より

かつて描きし

鉄骨と足場の材の黒く立つ工事現場の夜は静けき

溶接の青き火花を散らしつつ工員の腕油に光る

かつて描きし夢すでになき姿にて潮風冷える砂路を歩む

焼く手紙の煙と共に我が過去のいたみも清く消え果てるべし

間接灯の光乏しき卓上に砂糖はコーヒーに直く溶け込む

夜毎点る灯今宵は点らずに建築現場は雨に安らぐ

ストローの空ろに細き感触に芯なき我の相《すがた》を見たり

工事場の鉄骨支える空高く冴え満つる星の一つが恋し

青い目で何を思うか複製画の女は壁に瓢然と立つ

星空に立つ工事場の鉄骨群各々先端に静けさをもつ

親指にて眉撫で上ぐるがいつしかに寂しき時の我が癖となる

散りてなお

虚飾嫌うと言えども心の奥にして深き虚栄の淀み息づく
散りてなおバラの花弁は艶もてり生への執着朝日を反す
乱れいし心の故にはねつけし人の善意に苛まれいる

鳴る笹の乾く音聞く窓辺にて離れ暮す母の手紙読み返す

人間は即芸術と師は言えり最も醜き芸術ならん

美しきものにたとえて恋人を讃えるわざを今はうなずく

葬列は香煙のみを残し去り静まる墓地に夏落葉散る

亭々と聳ゆる欅嘆くがに真夏の墓地に葉をまき散らす

風

お互に牽制し合う態度にて夜道を友と言なく歩む

病院の窓に映れる人影の君にあらざるを確めて去る

バー多く並ぶ露地の夜怒号とも愚痴ともつかぬ声道を這う

排気音ブレーキのきしり絶えぬ昼人に飼われて蟋蟀の鳴く

鬼羊歯の芽ぶき爽やか祝聖《しゅくしん》の朝の寺庭は露に潤う

一介の僧として終らむ生涯を暗示するかの初秋の風

うとまれている吾と知り友等入りし喫茶店を避け家路を急ぐ

傍に背よりも高く赤レンガ積まれている道ひとり帰り来

長病みの父

幾度も手術を受けし父にして癒えざる病「ふくろ虫病」

帰り来て雨滴の光る時計外し不意に空費の日々を怖れつ

南伊豆の病院に再び入りし父へ　わが歌三首を添えて便りす

従軍より病負う身となりし父の歌の多くは病に触れず

沖縄の土産と父が苦笑すは従軍に病みし「ふくろ虫病」

浚渫船

浚渫船の窓より洩るる貧しき灯それのみに暖かみ感ずる港

油浮く海面を越えて対岸の杭うち作業の音聞えくる

自然より隔離されたる如くにて月のみが秋の竹芝桟橋

浚渫船より洩るる乏しき灯の中に黒き夜汐は静かにゆれる

クレーンもつ大き倉庫の静もりを照して寒き上弦の月

証　し

垂直を保ちて夜空につきささる鉄骨のそれぞれがもつ鈍き光

真上より照らすに近き角度からライトは夜業の現場をあばく

砂山の色も鉄櫓の曳く影も静かにして逞しき夜の工事場

裸電球一つが点りいる工事場を吹きぬけて鉄骨に鳴る風の音

愛さるることもなくして今日も生く憎形の影路上に寒し

聞き流せし破戒の僧と言う言葉次第に重き圧迫となる

諍いにいまだこだわりいる我と対いて夜の樹木が立てり

うとまれている意識が重し凍てる夜の歩道に長き影曳きてゆく

風冷ゆる都会の夜の一隅に棄てられし如く我は我が影とあり

見透しているかに深き輝きをたたえる瞳をおののきて見つ

避雷針鋭く立てりバラ色の雲の僅かな移動証して

鉄の骨格

人を呼び人夫の太声夜風に乗る鉄材の触れ合う音絶えし時

倖せを自ら避くる如き日々樹骸の向うに陽は没ちゆけり

捨てられしヘルメット一つが転りいて月影届かぬ現場の一隅

工事進まぬ現場の夜の風荒く鉄櫓支えてワイアーがきしる

霧流る夜の構内に光源をかかげてそそる鉄の骨格

駅員振るランプに連れて機関車の一つが靄の中を移動す

有刺鉄線が囲む埠頭の一区画屑鉄の類数多積まるる

機動音重々と水面に響かせて小船はラワンの原木を曳く

棕梠幾本グリーンベルトに立ち枯れて傍の線路は埠頭へ至る

整然とH型鋼積まれいて庫内は昼も明るく灯す

迂回して倉庫の裏の草原に錆びし貨物の単線果つる

夜の潮騒

看護る者ら誰も語らず酸素吸入器の立つる音も壁に吸わるる

手を握れば応えて握り返し来る力弱りて父死にたもう

臨終を告げて医師去り看護婦も従い去れり潮鳴りの音

薄霧の風に伴なう山峡に父は煙となりて昇れり

十八年父を苛なみ続けきし嚢虫か骨片がもつ緑色

父逝きし夜の潮鳴を思わせて闇の奥にて木々風に鳴る

戦場にて病得し以前を人等語れど痩せ細りいし父より知らず

死の床より父はか細き手をのべて言葉とならぬ心伝えき

春の翼

街路樹の梢を音なく風渡る我は空しく思惟に執すを

遮られいる我が行手をここに証し銀行は鉛色の鉄扉を閉す

北を指し青空翔りゆく鷺の春の翼に量感はなし

児童遊園を囲む木立に荒るる風過ぎゆけば事のなべては空し

ブルドーザーの量感重き静もりを坂の右手に見て下るなり

朝焼けの雲を真直によぎり行き鷺の飛翔は翳りを見せず

しらじらと雑草枯れいる空地にて権利保有を杭打ち示す

青ランプ下げる工夫の立つ位置は夜の構内の基点の如し

職務終えし機関手ならむ幾条の線路を身軽くよぎりて消えぬ

汽笛鋭く鳴らして過ぎゆけり有蓋貨車の黒き一連

山中に病みて死にゆく僧の貌《かお》夢に紛れもあらぬ我が貌《かお》

方形の窓

墓群の見ゆる窓辺に人恋いぬ晩夏は杳き黄昏の刻

鉄橋へ至るこの道傍に何も映さぬ水たまりあり

蓮の葉の片方に浮きて死魚がもつ白さもあるいは安息ならむ

刃物屋のショウウインドウに溢れつつ色鮮しき夕陽がありぬ

亀裂走る壁のあらわに夕照るを過去あばかるる思いにて見つ

残照のかそけき中に塔光り夜の粒子の数徐々に増す

夕光を反し輝く窓ありてその方形は何を暗示す

壁に吊る墨染法衣風のままに諦観の証しの様にゆれいる

惰性にて生くるに過ぎぬ我が日々か纏う法衣が夕べ重たく

受験書の類照らす灯の円光の範囲法衣の裾まで及ぶ

死の床に似し静けさを今日も保ち我が三畳の間に雨の音する

寡黙な鳥

昭和三十九年

（前略）ここで述べたいのは前衛短歌の可能の限界である。どんなに要領よくまとめても民衆の〝わからない〟の一言で何の意味も持たない言葉の掲列に過ぎないものになってしまうことは否めない事実であろうし、歌壇と呼ぶ冷たい城を築いてその中で民衆を無視して、本来民衆の詩であるべき純粋なこの小詩型文学を弄んで喜んでいるなら短歌本来の姿を汚し破壊する行為として排斥されるであろう。

民衆から遊離した短歌は、芸術としての短歌たり得ず民衆詩としての短歌たり得ないのである。（後略）

――「斜塔」創刊号「前衛短歌寸感」より

（前略）ここまで読んで来て思うに、その作者がその立場において歌いあげる真剣な人間としての声は、難しい理論を抜きにして芸術以外の何ものでもない。」（後略）

――「斜塔」二号「『霧の阪』と『白鳥の歌』」より

異端者

朝焼けの窓をよぎれる鳥の影その影の如寂しき生か

窓が区切る方形の空すぎゆきの一コマとして淀む朝焼け

閃きて凮は月夜の梢を過ぎ過ぎて視界の夜に動きなし

風絶えず入り来る窓の竹格子夜更けは鉄の格子に見ゆる

雨の夜を街路樹の肌濡れて光り病む眼《め》はぬくきものを見出せぬ

不覚にも涙あふれぬ墨染の法衣纏う身が何に執する

息吸えば鳴れる気管のその音よ見棄てられたる我にあらぬか

遠空に残照淡く澄む見れど思いは明日へ翔けることなし

塀際に吹き溜り来る夜の落葉我の裡にも迫れる冬か

夜の霧まつわる裸梢を見て佇てば現身もまた冬枯れに似る

油絵の裸婦に煙を吹きかけてはや浄からぬ我が胸の内

靴の音を夜更けの街路に響かせつつ今は異端者の呼称も怖れず

帰り来て夜気に冷えたる指先をかなしむとなく頬に押し当つ

言い遁れに過ぎぬ独白を壁に吐く亡父の面輪をそこに見しため

具象

愛断つと見えざるメスを手に執りぬかかる姿勢は空しきものか

しんしんと心の冷えは極まれりピンクの受話器の稜光りつつ

背後より延び来し西陽に我が影が汚染の如く壁に歪めり

息ひそめ思いひそめる冬の樹か荒きその膚夕映えにけり

電線に木枯し冴ゆるこの夜更け頭剃るべく剃刀を研ぐ

暖かき言葉はかけずかけられず人と訣れぬ霧ろう交叉路

透明に冷えゆく夜の神経の具象とも見つ光るナイフを

死と愛と最も寂しき言葉並べ書きし紙片よ蝶となり舞え

耳たぶに風鳴らせつつ陸橋へ夜寒の坂の彎曲をゆく

暗緑に翳もつ樹々に取りまかれ生ける証しの息白く吐く

破ること難き厚さと今はなりぬ喪にかこつけて作りたる殻

身に沁みて縋るべきものの欲しき夜ナイフを取りぬ取る意志はなく

自らを葬る穴を掘り終えし如くシャベルを洗う夕べか

灯火の下にひとりの息吐けば絶望はむしろ安息に似る

幻の海

煙草の火もみ消して灰のつく指の指紋にもありや不倫の愛は

勤行の鉦《かね》よりもあるいは清からむ夜の踏切に鳴る警報機

幾匙の砂糖コーヒーに溶けゆきて耐え難きまで匂いたつ過去

茫々と思郷の眼に流れたり潮鳴らざるまぼろしの海

風絶えて物の音なき夜となりぬこの静けさを我は怖るる

夜の闇の底に光れる礫幾ついずれも非情の安けさをもつ

誰からも見棄てられしか指組めば夜気は波うつ我が胸の上

傍観の位置に垂れればカーテンの襞は朝の光に充てり

ある決意

別れ告げ露地に敷く砂利鳴らしつつ僧なる重みに近づきてゆく

春塵に汚れて生うる麦の中凸凹道は火葬場へ続く

すすき穂のそよぐ低地の枯原を役牛積みて貨車の過ぎゆく

陽のかげり早き麓の石切場石切る音のこだまさやけし

霧けぶる山の手前になだらかな枯山ありて陽が射しており

伐木を終えし山肌切株の点在白く夕の陽が射す

幾曲りしつつ登りて幾曲りしつつ下りて海展けたり

曇天を映せる海は暗くして円錐の浮標動くともなし

霧深き峠ゆきつつ岩の間の花もつ菫を数多見にけり

僧職に就かぬ決意を告ぐるべく父の墓標の前に来て佇つ

エナメルの光る瞳を見返しぬ言なきこけし思想なき我

夜の雲

独善の論理と言わるる予期あれば寺を出でたる真は語らず

亡き父に背きたるかな明けきらぬ窓は異端の目に沁みる青

灯のあたる葉とあたらざる葉とがなす明暗よ何に心こがるる

生も死も超えたる位置を流れゆく鉛の色をもつ夜の雲

夜更け食むパンの歯応え六月も香り乏しきまま過ぎゆくか

河岸の泥に音なく曇り日の波は水銀の色なして寄す

掌にしぶとく貼り着く接着剤はがしつつ帰りの電車待ちおり

高台にインコに芸を教うることのみ楽しみとして未亡人住む

夜半に噛む氷の音のこめかみに響く寂しさ疲れたるかな

科学工場に並ぶタンクを光らせて音なき昼の雨降り続く

自らを虐ぐる歌を記《しる》すこと闇夜の底に横たわること
　遠街の空
夜気湿める窓の灯影に思いおり病者の世界囚人の世界
つぶやきは流動に遠き低温にて窓ガラスに至らず消えつ

夜を澄む虫らの声も生を死に繋ぐたとえの範囲を出でぬ

間を縮め間を置き落つる雨だれか惨めに過去を思いていたり

断ち難き思い秘めれば生命なきこけしに宿る夜の息づき

開く筈もあらぬ扉を打ちつかれ錠剤の壜を窓際に置く

虚像とも死の具象とも廃教会曇る夜空に紛れて立てり

サボテンの鉢置く縁の見えていて雨の夕べの連想一つ

月影のさす一ところ部屋隅にあれど転機をもたらしはせぬ

あげし目にパンタグラフのスパークが無意とおぼしき瞬間を冴ゆ

遠街の空にこもりて余韻なし深夜作業か鉄を打つ音

朝光のよく照る縁が窓に見えすむ鳥のなき竹籠が見ゆ

思う職の求人あらぬ朝刊をたたみて街に出るあてもなく

肌寒く靄の流れる街上を追いつめられし蛾の如く行く

過去の陽

つきつめて思うに所詮異端なり深き眠りを希い灯を消す

汚れたる胸に汚れし連想を秘めて土打つ雨を聞きおり

眠られぬ夜に愛しむ群星の一つは過去の歓につながる

油送車の曳きずる鎖弾みいて真実一つ我より消えつ

我が裡に我が拓きたる墓原の二つの墓碑に過去の陽が射す

閉ずる目に速度は遅く流れゆく片雲一つ人の貌《かお》一つ

春塵の街路にて奪われし我が影かある夜雨戸の隙より帰る

モルタルを塗りて荒れたるこの指は不器用に夜食のトーストを焼く

貧鉱の村（故郷とその周辺）

鉱石を掘ると削られし山に向い風化傷しき地蔵が立てり

麦畑の夕陽残れる一隅に五つ並びて苔むす墓石

深き轍に水の光りて林道は雑木の中にゆるき坂なす

暮れ迫る温水郷の山峡に建築工事の鉄櫓立つ見ゆ

朱に塗られ架かる橋梁谿底の白き流れの音は聞こえず

残照の中に浮びて黒々と鎮む雑木の山の連なり

陽はすでに落ちて岬の岩肌は視界に黒く長く横とう

針の如くぬぎの白く立つ山を鉱石積みてケーブルカーが越ゆ

索道の櫓点々と連なり立ち田は一面に麦萌ゆる村

砂浜の埋め立てられし一端に倉庫立つ日は遠からずという

鉱石を粉末となす工場の夜業の響きを川隔て聞く

海に開く窓明《あか》く照り工員の影は夜業の槌振るいおり

この村がかける負担に喘ぐとも貧鉱工場の夜業の騒音

プラタナス周囲に植えて埋立地の貧工場は明るき一面も見す

油倉庫の側に触れつつ汐風を受けて二本のプラタナス鳴る

ガラスとなる日は遠からず山幾つ越え来し硅砂の船に積まるる

硅砂含む工場周囲の土は白み丈低く雑草の類を茂らす

コンベアの滑る倉庫の奥闇に廃れし姿をトロら重ねる

廃れたる姿は光ることもなしトロの軌道の雨に濡れつつ

その裾は墓地を抱けり椎多き中にくぬぎの芽吹く春山

扇状地の要《かなめ》の地点に築かれて水防の堰の色白く冴ゆ

復旧成らぬ田の広がりを月はさらす高めし土堤の彎曲の内に

その生活を海に頼りて今日も暮るる渚に沿うて赤き部落《むら》の灯

岩肌の黄なる岸より荒潮を突きて防波の突堤の稜《かど》

波状の起伏なす底砂に死魚光り河口は今日も荒るることなし

生簀囲みガラスの浮標光る見ゆ狭き入江の凪ぎのきわみに

港なき部落《むら》なれば船は沖に停め艀にて来る客と荷を待つ

機動音はげしく進むこの船は舳先に野菜の菰包み積む

首長き海鳥《とり》一羽海より翔り立てり船は入江に入りゆかむとす

寡黙な鳥

鈍重な感じに見えて我が向かう校舎は立てり夕映えのなか

レリーフの四聖の鼻のそれぞれに偽善の翳をもたす夕映え

我が裡の寡黙な鳥の声誘い五位鷺は夜の空鳴き渡る

人眠るころにはばたく習性を持つ鳥にして我が裡に棲む

閉ずる眼に展けて赤く霧ろう世界墓原の如無潤な世界

生命なきものの如くに樹と対いこの夜一つの閃めきを得し

籠の鳥に過ぎぬ生きざま幾たりかは嘲りそれぞれ思想をもちて

自らを異端と言いて憶すなし没ち際の陽が笹生に燃ゆる

空回りする歯車が裡に顕つ笹生に夜の影迫る刻《とき》

昏れ方を流れぬ雲の色青く空に粘着する如く見ゆ

猫が鳴けば猫が寄りゆく塀の上丸き二つの背に薄陽差す

父の忌にも帰らざる故郷の裏山に今年も桜は咲き初めにけむ

廃屋の取り壊されし空地にて春曇の下そよぐ枯草

性二面描く使い分けて生くる我が眼に深し濃紺の夜空《そら》

夜の空を視界の外へ去る一機赤き灯を追い轟きも消ゆ

半眼に閉じし眼に鉄格子の如くに見えて我がまつ毛

安らぎを我より奪うとして笹は風の力の中に鳴りいる

夜がくれば眠るほかなき鳥にして翼夕陽をうちて飛びゆく

水注《っ》ぎに来し女給の手真白にて染めたる爪に夜の愁い秘む

楽の音の流れの中に孤立して我が背徳の深き息づき

壁にかかる画布の農婦よ一度は追いつめられてもの思い見よ

咽喉熱くココア伝えば背徳の意識に陥ちて夜の椅子にいる

自らをくびる行為に似たるとも密かに来て茶房に煙草をふかす

熱帯樹の一葉に頬を寄せいたり言葉をもたぬ生はけだかし

無雑作に我を異端と言う声の意外なまでにすがし我が声

何求むと言うあてもなき夜の歩み歩道に光る水を越えゆく

窓ガラス一枚隔て夜の闇の深さに対うしばらくの間

自在なる故に寂しき空想か雨滴はゴムの葉を伝いつぐ

とどめなく湧きくる思い一度は眠らむと消したる灯《ひ》をまた灯す

考えは往きつく果てに我が不倫を責むる乙女の声となるつね

残像に過ぎざるものとなりて汝はいよいよ清き潤いに満つ

自らを把握しかねて夜にいたり回れ乙女の歌うレコード

序曲とも終曲ともつかぬ旋律の胸に鳴りつつ人に逢いたし

十時半示す長針と短針の角度が何かを暗示している

機を待てる企みに胸の騒立つ夜霧ろう梢が視界に遠し

美しく清き生命を見せつける如く芽吹きて街路樹の並み

清く清く生きたかりにき青空に芽吹く樹の如く生きたかりにき

風に鳴る笹生と窓の我ともにとり残されし如き黄昏

この小さき窓の奥まで宿命の酷さを注ぐ没ち際の陽か

明確な線に示して我が「堕ち」を責むるエンゼル来て夜となる

廃液に濁る淀みに光るもの夢の骸と見て河岸を行く

夜の感傷

自虐めく言葉一つを虫の音の湧き来る階下の闇に向け吐く

欲するにあらねど夜々の感傷の刻《とき》を待ちつつ秋深みゆく

眠らむとせし裡に展けし小世界静かに孵化して白き鳥舞う

石と化し地中に眠る魚我とぶざまな比喩を抱き夜におり

アルバイトを一日探して疲れたり向う校舎は灯の点りたり

アスファルトの面は鉛の色なせり坂一つ登りてまた下りゆく

素直なる心を一日保ち得し校舎を背に夜の坂登る

照らす灯に浮きて聳ゆる校舎を今日は美しとして振返る

コーヒーを入れて安らぐ夜の刻も燃えねばならぬ我が生命燃ゆ

遠街に夜汽車の汽笛鳴りし時清らかならぬ思惟が閃めく

所詮砂上の楼閣に過ぎぬ空想に酔い易き我に時に苛立つ

定時制生徒より二部学生と名の変り夜学は五年目となる

幾度か夜を徹して語りし友の一人北国に去りていかに生きいむ

卒業より別れて逢わぬ友幾人眠られぬ夜に思いていたり

その兄の失せて故郷へ去りし友便りするなくまた受くるなし

共産へ授業も顧ず走りたる彼のその後を聞くこともなし

争いが理解の道を拓かしめ親しくなりし友とも逢わず

言交すことも稀なるまま別れ逢わねば理想化し美化して思う

眠れ得ぬ夜を幾夜重ねつ明け近き空を渡りて五位鷺鳴けり

心青く熱帯びむとして耐え難し空より見えぬ窓に目を上ぐ

乳色の壁

昭和四十年

憧憬論

「猫を欺して籠を壊させ、逃げたカナリアはやがて声を失くしてしまいました。」こんな手紙を書いて寄こす今年〇才の弟がたまらなく憎い。窓の外は明日の陽を待つクレーンの終止。工程は着実、過程は緩慢。

原紙を切りながらクラッカーを噛む。煙草を喫いながら水を飲む、裸灯があばく空地に積まれるドラム缶は、まさしく今日の象徴。眠りは全くその機能を失ない僕に迫まる。

傷つくことの尊とさを捨て去った。故郷をも捨て去った。一個の非情な石片が僕の外形として雨に打たれる。

香りを失なったレモンを捨てに行こう。今日こそ海にきりたつ崖のうえまで。

—「二十八」三号より

死の讃歌

街に出て働く多し五年振りの再会に故郷の言葉聞かざり

定着は持たず持ち得ぬまま今日も灯し明るき坂登りつむ

夜に抱く我の思いをすべて知るものの一つか造花艶めく

根拠なく可能性なく空想と言わるる思惟に夜を更かしぬ

白々と月影照らす夜の坂すでに明日も仕組まれている

静かなるものが誘うさみしさか窓近く灯に映えるすずかけ

五位鷺の姿を見せぬ夜の飛翔鳴く声聞けば死の讃歌めく

夜の闇にまぎれ飛びつつ鳴く声を過去負う声と聞きていたりき

胸深く密かに棲まわす鳥の爪屈辱受くる度に研がるる

諦めと言わば清きか遠街のほの明りせる空を見ていつ

あえて言う言葉もあらず夜の冷えのきびしき路を友と連れ立つ

過去を負う声

陸橋をくぐればまばゆき秋の陽ざし一つに絞るべき思惟はなし

別れ際に聞きたることのいつまでも余韻保てり降り続く雨

忘れられて生くる一世《ひとよ》の縮図ならむ雨に濡れつつ家路を辿る

眠られず夜の明けるを待つ裡に描かれて結実されるなき愛

肯定と否定の間にかくも狭く脆き世界のありて我が生く

帰らねばならず帰りて来し部屋か窓より見えて青白き壁

逆光にその色彩を失えば造花は造花の世界にしずむ

夜を一夜経るごと徐々に汚れゆく我にあらぬか風絶えてなし

諦めが自虐の形をとる日々を重ねてきたり窓を吹く風

屈辱を契機となして燃ゆる野心あるいは傷しきものかも知れぬ

自らを見失しないたるかなしみの息白く吐く河風のなか

彩度なき河の面に影連ね倉庫は静かに朝を迎えつ

信じいしもののくずれてゆく音の幾日胸にこもりていたる

美しきものへの疑惑か吹く風か夜半の眼覚めに気管支が鳴る

宛名なき手紙

軽き遺骨となりて幾人この門を出でゆきにけむ我が父のごと

コンクリートの廊に差し入る午後の陽を踏みつつ看護婦の後に従う

病む友と松吹く風を聞きながら思いはいつか亡き父にゆく

友の病む窓の視界の一隅に松の疎林のありて風鳴る

安静時となりてベッドに戻る友に小さき詩集を手渡して来ぬ

命令の形をとりて汽笛《ふえ》が鳴る遠きに響き明日に賭けるな

夕霧ろう横断歩道を渡りつつ我を離れてゆく我を見つ

トレースをしつつ窓辺に一人なり我より高き位置を貨車過ぐ

とりとめのなき我が日々のピリオドとならず汽笛が遠街に鳴る

生くるほかなく生くる如また今日も畳冷たき部屋に帰りぬ

校正の終えし原紙を抱きつつ友と連れ立つ夜の冷え厳し

行く道を失いし血がこの夜更け過去に流れて過去を彩る

幻影のカンバスの上飛ぶ鳥の影写しつつ海流れたり

鳥の影映して清き海見しもたまゆらにして曇る夜の空

ようやくに成りし雑誌の重くして温みもつ束をかかえて帰る

乳びんの触れ合う音の近づきぬ露地の朝の潤いとして

夜の裡に封を切る手を待ちながら密かに白し宛名なき手紙

信ずべき価値ありと言うもののすべてを避けて不様な壁を築きぬ

夜の思惟の深き翳りの中に棲み鳴く虫がいる今も鳴きいる

まるめ棄てしセロファンが広がりゆく音を小さく惨めな抗いと聞く

灰色の天使

（一）

疎まれている意識は時に快し吹雪く夜更けの坂登りゆく

生きるためにも生きねばならぬ格言めく言葉を夜の歌として吐く

虚無という言葉用いて我を責めし一人ありき茶房のゴムの葉蔭に

遠街の貨物駅にて鳴る汽笛《ふえ》を寒の寝覚めに聞きていたりき

午後へ傾く冬の陽差しの温き窓に過ぎにし愛にこだわりていつ

空想は我が上にして即自虐近より難く夜の樹が立つ

自らを欺きながらこの夜も灯し明るき坂の上に来ぬ

赤き碇を描くカンバスいつよりか我を支えるものとなりしか

自負もなく自信も持ち得ず生く日々と思えば窓に映る片雲

すきとおるばかりの夕陽窓に充てり明日を彩る夕陽を欲す

観葉樹に寄りて安らぐこの習慣《ならい》再び欠かせぬ日課となりぬ

止められずなりし煙草かひとときを灰色《グレー》の天使の目が潤むゆえ

人待つにあらねど心焦りつつ茶房のソファにもたれていたり

疲れたる僕の額に薄切りのレモンよ香りて明日を彩れ

（二）

電話にて聞くその声よ過去として忘るべきなる愛甦る

春一番吹く昼下り手術受くる友に付添い病院に来ぬ

血を拭いしガーゼ幾枚洗いおり友はベッドに故郷《くに》思いいむ

故郷遠く病む寂しさを思いつつ夜半濁りもつ氷を砕く

病むことは人を幼くするものか友に付添いながら思えり

甦りたる愛か顔合わすを怖れつつも用なき廊下に出でて歩めり

カーテンを透し差し入る月影の中不器用にリンゴをむけり

閉門の時刻となりて門閉づる守衛の動作を見おり為すなく

病院の廊下昼なお小暗きを卵茹でると渡りゆくなり

思わずも洩らしてしまいし人の名はベッドの友の耳に入りしか

血のあとのついに落ちざりし友のパジャマ春めく風の屋上に干す

偶然の再会ならぬを偶然の如く振舞うことに疲れぬ

自らの仕組みし劇に踊らされ何を苦しむ夜更け樹が鳴る

遠街の空にネオンの明滅すああ定まらぬ我が生きざまか

友の看護に少し疲れて来し茶房鉢植えの樹に寄りて安らぐ

濃緑の海の深きに群れながら魚は時折腹を光らす

テトラポッドを組みたる個所か複雑に波の音湧くその間より

逃避めく旅にあらぬか夕近く冬波荒き渚辺に佇つ

この浜に見渡すかぎり人の影あらず夕べの刻迫りつつ

原形を失せし貝殻どこまでも波打ち際を彩り光る

すでに我が裡に死にいる我かとも寄せる波濤の色を見ていつ

（三）

夜の鏡の矩形の中に沈思して我が眼あり疲労伴なう

酔いて閉ずる眼に浮かぶ人ひとり断ち難きかなこのこいごころ

遂げ得ざる愛と決めたる夜の空に薄き雲見え移ろい止まず

睡眠薬に頼る眠りの浅きより覚めて密かな旅を決意す

草鳴らし吹く風もなき枯野見ゆ断ち得ぬ愛を秘めて寄る窓

砂浜に鰺の干物を干す媼道問えば潮臭き声にて答う

忘れむとせしひたむきの努力さえはかなきものか再会せし今は

刻々に衰えゆかむ神経か夜更け汽笛を乗せて風吹く

快方に向える友を誘いて暖かき日を屋上に出づ

屋上より間近に見えて母校あり愛知り初めきかの窓の夜に

定まらぬ思いをもちて開く窓手の届かむまで鳩飛び来たる

深き眠りを希う眼に傾きし墓標一基の風に吹かるる

縋るべき具象の一つ冬汐の轟くときに顕つ微笑あり

告白の言葉密かに整えぬ転機とならむ期待もかけて

この旅に得たるものにて貝殻二つ帰途の歩みのポケットに鳴る

乳色の壁

突堤の日かげに少女がくり返す
〈虫食いレモンを捨てにゆこ、
捨てにゆこ〉

増長はすばやかりしか樹の膚に絡む夕陽を剝《は》ぐ計画書　（Ⅰ）

幾日を深く眠ればたわやすく歪みし下肢に顕つ点灯夫

いつよりか藍の翳りをもつことを習慣として魚を棲ませぬ

制服に媚びをたたえるブローチを刺さむ不在の神を呼ぶため

草原を走り続けて夜に入りぬ明日も動悸との闘いあらむ

砕石の嚙み合う音を内に鳴らし支えをもたぬ塔が待つ冬

風紋を踏みて歩めり嗅覚の賢き時は背を盾にして　（Ⅱ）

生ぬるき風が運びてくる私信　この夜も責められて樹の位置があり

なべて営利は０《ゼロ》の付近を離れ得ぬ幹がきびしく陽を受ける朝も

有刺鉄線を抜けて芽吹きしがたちまちに枯るる結果を幾度か見し

欠けている〈何か〉のためにかの鳥の愛すべき羽毛も失われたる

能動の限りを斧に見し日より次第次第に冷えてゆくかな

鈍重な腕の断面が水漬《みづ》きつつ刻む少年節の棒状グラフ

凍りたる眼の示唆か〈吹く風を無為と思うな〉〈森の夜を追え〉（Ⅲ）

〈無より起《た》て〉錆に侵さるる乳色の壁が明確な答えを示す

憧憬と死の関連を完璧なものとなさむか掌《て》を濡らす雨

敗北抒情

昭和四十一年〜四十三年

（前略）最後に自己の作品を批評してみよう。「敗北抒情」と銘打って並べた二十首、これは斜塔7号のどの作品よりも最も短歌的である。現在に至るまで短歌の価値概念は〝弱い心の逃避の場〟という面を大衆性という見方にすり変えて成立して来ている。

（中略）

問うべきは、短歌における大衆性の意味であろう。大衆性の意味をつきつめてゆくところに新しい価値が認識されるのではないか。さりながら「敗北抒情」と同じ種類の作品は今後も後を絶たないだろう。人間の弱さのあるかぎり。人間が弱いものであることはいうまでもないが、弱さを弱さとして表現してゆくならば、その場はまさに泥沼である。そろそろ「抒情の敗北感」を追放してゆかなければなるまい。

（中略）

「敗北抒情」は「抒情の敗北性」を暴露し「呪われた詩型」としての短歌をラジカルに、かつ惨めに表明した一群である。

――「斜塔」八号「前号私感」より

不在の空

追憶の深みにひしめく氷塊の音を聞きおり夜半に眼ざめて

壁の鏡を湖とする空想を打ち消し打ち消して心落ちつく

いつまでも氷の溶けぬ沼ありて芽吹く木立の奥にしずまる

鏡ありて我に関わらぬ星ひとつつねに映すか愛棲まぬ部屋

雨降れば雨を残さず吸う森か吐息に似たる濃き霧を生む

未明より降りつぐ雨に濡れつくし街は灰色の光をもてり

傷つくとも遂げむ心のあやうきに雨はひたすら芝生を濡らす

雨に濡れて光る枕木を金属の如しと見つつ踏切を越ゆ

河波の夕べ曇るにたえがたく眼を落としたり〈愛不在我不在〉

〈我不在青春不在〉夕空を背景としてビルの骨組

自らに向ける不信の眼と見れば痛きまで白し夜の水面

〈何もなし〉

夕凍みの風を学連旗にはらませて呼びかける声はかなしみに似る

ことごとく吸いて返さぬ闇の層を背景として議事堂建てり

ストーブにゆでいる卵の立つる音聞けば抵抗もなく虚無に堕つ

歩む時壁と廊下とひびき合いて一つの言葉をなせり〈何もなし〉

指先を刺しし刃の鋭さが自死の資格を我に与えむ

影を出で影に入りたり塀沿いに試歩路を歩むごとくゆきつつ

反戦の旗ひるがえりシュプレヒコールに声合わす時すでに無き〈我〉

分断され包囲され議事堂へ坂登るチェックの赤きハンカチを踏み

返し来ぬものは寂しき議事堂の空に吸われし集団の声

シュプレヒコールに和しつつ壁を感じたり機動隊の包囲より厚き壁

内閣の打倒を言いてぎりぎりの声よ忘れず捕えよ〈ヴ・ナロード〉

条約の粉砕を叫びつき上ぐる拳に冬の風あたたかし

風よりも風らしきものの吹きごもる裡かレモンの香りを愛す

雨の幕を巧みに抜けて吹く風のありて遅れの意識を強うる

通過する貨車の起せる風のなか醜き我をまた見出したり

枯原のなかを流れて濁る川音なき流れの水上光る

球形のタンクが反す雨あとの陽の明るさが車窓に満つる

透明な空を切りとる刃が欲しく見ているビルの側面のひび

酔い酔えば我に甦《かえ》る無頼の血はずむ乳房に手を触れにけり

ひとときの天使なりにき唇に残る唇の甘さを憎む

夜の雪片

学費値上げに抗議するビラを配布する虚しきことは誰よりも知り

誠意なき理事者を責める声明文見棄てられたるごとく灯に浮く

伝統をこの夜悲哀のごとく見せ大講堂は濃き霧の底

過去よりもさらにひ弱くなりにしか忍従の日の日記を読めば

起ち上る場を選びつつ日を経るに落葉とらえて川凍りたり

凍りたる川越えて来て声にしつ〈解かれしを意味なきことと思うな〉

ゆらめきて冬の水あり射す光《かげ》は追いつめられしものの貌見す

傷つきし果ての憩いというほどのこともなくして降る夜の雨

U字溝の淀みもたぬに沿い歩む無頼と称《よ》ばるることにもなれて

過激とも無暴ともそしらるる闘争を僕は讃えてバイトに出でる

≪わが行手を守れ≫自らに示唆しつつ未明は寒きホームに立ちいつ

記憶にはなき過去《すぎこし》の一ふしに遭いし思いか樹を襲う雨

武器ひとつ持たぬ防備にたわやすく入り込み来たる夜の雪片

投稿の選を依頼に来し研究室思わざる寛きまなざしに合う

芽吹くには遠き銀杏の均整を短く言いて再び黙す

かすかなる風の力をくびすじにおきて歩めば遠き裸木

水量を日毎に変える流れよりくる連想は浄しと言えず

燃えざる

灰色に塗りつぶされし文字盤を今日もめぐりて声聞かざりき

霧の粒のひとつひとつに青白き果実の実るころとなりしか

方位感しだいしだいにうすれゆき河原の砂にとらわれしかな

とらわれて夜毎差し入る月影に数えぬ指を折りつつ数えぬ

右の手に余り左の手もつきぬつきてしまえば眠るほかなし

散りいそぐ銀杏の下に寄りゆきて薄き骨よりなる手を取りつ

プラスして二で割る理屈あっけなく貨車の響きは過ぎてしまいぬ

音もなく雨は線路に弾かれて息を吸い得ぬ夜の歩みあり

てのひらに握りしめ来しストーブのついに燃えざるまま野を過ぎつ

受けつけぬ硬さは過去のものならずこの日緑の芽が断たれたり

乳色の壁をもつ背を見せて去りぬその足取りの軽さを憎む

固きベンチに横たわりいつ来るあてもなき真紅の車輌を待ちて日を経つ

幾重にも周囲に厚き幕をひきて捨て難ければ抱きて眠る

傷みなき昏れの得られぬゆえひとつ小さき紙片がポケットにある

敗北抒情

てのひらにのせてためらうゆく冬の落とせししずくのような錠剤

おこたりしひと日のはてに思いおりこころを侵す菌の形状

対岸はくれてしずけし裸木の枝は夕陽の熱保ちいむ

無視の目に無視の目を向けゆく水辺欲しきかな心を切り裂く批判

新緑は泪のようにきらめきて理性まずしき季節のはしり

裏切りしはあるいは我か葉桜の影を映せる池に風立つ

こころ病むひけ目にくれてビルの戸はきのうと同じ日ざしを反す

自らを欺きながらスクラムの可能を説いている寒き窓

自治会室の窓は裸灯に濁りつつ二十二才の晩年ありき

妥協への理論みごとに整いぬ蛎よ笑えよ四月も終る

しずかなるもののみが持つ量感の責め耐え難し凪ぐ春の海

諦念の痛みに触れてさわやかに水の流るる夜がありにき

内部よりしだいに進む崩壊にあこがれいたり午後を風立つ

踊り子の肢体さりげなき静止夜は日記に遺書の色見つ

闊葉に母性の艶を満たしつつ夜の灯点る我は敗れつ

予告ある死をぎりぎりの願望と記《しる》して庭の土に目をやる

U字溝の底を伝える水光りこの四五日の楽観さびし

夜に入ればひとりになれば実直な死の侍者として吐く断片語

頽廃に通う歓喜を支えとしもろく生きつつもろく敗れつ

さわやかな死を間接に見しことが我の五月を光に満たす

初秋挽歌

防舷材積む構内にゆく夏の陽ざしあまねく人われを去る

色彩を闇にとられて鎮む葉に目を向けているいまのやすらぎ

夜のラジオが流す讃美歌を聴きておりわれを讃える歌ついになし

湿りもつ風に吹かれて歩みおり九月の朝人ひとり死す

空遠く遠く茜の雲鎮みひとつのいのちかえりくるなし

すでにして温み失せたる砂の上見えざる海の音を聴きおり

くちなしの花青白く闇に浮き闇に浮きつつ価値ひとつ消ゆ

霊堂の映る淀みを目におけばいまあざやかにわれは生きいる

断章

I

一億の目に一億の炎燃ゆ　いまくずれゆくものたしかめて

バリケードに間近く花のにおいつつ遺影の面の議事堂の陵

バリケードにひき裂かれたるはつなつの空間が喪の姿勢を見せて

燃えるべきもの燃えつきし空を指し機銃がたくみに説く〈明日の意味〉

血の色の旗ひるがえる　ときどきの熱き思索は夜に疲れ呼ぶ

Ⅱ

残照のほてり保ちいる突堤に伏しつつ見れば海もまた病む

くれはやき入江に漂う夜光虫　死にて行夫は近くなりたり

自死の意味を何に問わんか対岸に点る明りの濡れ来し光束

空洞をもつごとき海昏れ果てぬいま欲しきものアグリッパ像

Ⅲ

討論に疲れたる眼に自治会旗の燃ゆる真紅が壁のごと垂る

かくてまた夜は更けゆきて彩度なき空の広さを見て窓におり

自治会室の裸灯点してしばらくを経過のうえに身を置きていつ

傷つきしことに見るべき価値はなし流れるごとく明日は十月

行夫死に博死に十月の思惟のありて歪められつつ燃ゆるあこがれ

冬と死と凪と

水平線があざやかに見え離反より一年を経てその因が見ゆ

原色のネオンが満たす川を越ゆ疑惑のかたちのごと歩み来て

遊女の価《あたい》筆記し終えてあげし目に得々と立つ冬の裸木

切支丹宗門史置くかたわらは歪める思考のごとき陽だまり

ほそぼそと女の声が歌うときあやうき心を持ちて我があり

冬の火のはげしく燃ゆる沼辺より歩みはじめて思慕重きかな

生活の余剰の部分にいるごとく吹くに任せて佇つ風の丘

落日に寄せる思いはかつてより辛し一人は不幸に終えぬ

ゆるされる日をその死によりて失いき今なめらかな夕空に対く

曲折を越えて一人の死が重く音なき森の風を見ている

木枯しはかく快くわが頬をうちて歌人の死ははるかなり

人を待つごとき不安をいま持てり街は明るく雪となりつつ

風少し出でて乱れる雪を見つ雪さえかつてはわれを傷《いた》めき

葉の枯れしのちもながらえている花に未然の愛のごとき陽が差す

はつなつ雑記

指導部の批判細部にわたりつつ寂しも街から街へ風吹く

騰写インクのにおいひそかな夜がありて我の偽善は小さく終る

闘争宣言掲げられつつ雨を吸えば不意に孤独が実感となる

肉体化せざる思想を寂しめよ輝きもたぬ陽の落つるいま

安逸な一人を容れている負担たとえば花への思慕のごときか

美化されて我の内部に沈みいるものの声なき声を聴くとき

並び立つ樹々に無風の夜が幾夜あらむ幾夜の我が思いごと

裏切りしものらのうちに我の名も加え五月の悔深きかな

鉄骨が複雑に割る空澄むに思えば長き忍従ありき

生きている時代の不毛をわがうちのものとして夜の葉がひるがえる

はつなつの空さわやかに澄みながら負債のごとき思慕ひとつあり

工場の回転窓より墓地が見えこころの不具にまた触るるかな

形骸化してゆく論か凪ぐ海に目を置きながら長き時間《とき》経つ

山陵は明けて残雪輝けり鋭きものは我をとらえる

原　像

良心にかけて平和の意味を問え〈はねあがり〉と言う君自らの

供血者募集のビラが校門になまめくごとく見えて　逝く夏

生きていることの不潔の実感の雨かネオンを滲ませて降る

合唱よ今こそ響け相剋にたえる力を持たぬわがため

ビルの背を伝う雨滴の一滴の冷え寂しくて我が思いあり

君ガ病ミ僕モ同時ニ病ンデイルコノ連帯ノ重サニ昏レル

一枚ノ立看板ニ賭ケル意味ノソノ意味ノタメ〈生キル死〉モアレ

早逝ノ資質ノ故ノ〈前衛〉ヲ君ハイツマデ生カシテオクノカ

生キルタメ否死ナヌタメユルサレテ自己ヲ欺ク青春モアレ

山くもり湖くもるか踏む砂のくずるる音は我が胸に鳴る

夭き死の場合場合の詮索の一夜の明けに眼をあげており

究極のかたちとなりし六年のこころの病苦のしずかなる午後

それぞれにつねにどこかに翳をもつ球塔並びて　湿地夕映え

〈裏切り〉の意味切実に球塔群くれなずみつつ淡くかがやく

陰画

〝妥協〟その意味明らかにして後に言えよ武装は彼等のみ持つ

自治会旗雨中に垂れる未明、かく我らの示唆は試されている

血ぬられし歴史のうえにある今日とまず識れよ〝闘い〟の意味を問うため

戦争の延長として病み病みて死にて医学誌に名を残したり〝父〟

肺のネガまた脳のネガ重きほど残して〝父〟になかりし戦後

冬

破れた体験を
仮縫いする絹糸が
微熱の藍色を
沈めて光り
ふたたびの
みたびの
飢えを
夜の
雪に
訴える

原紙積み積みて重ねて十三の階段つくる寒き夜のため

転向の季節の冬はかく迫りかく棄てられてプラカードたち・・

赤旗を壁に垂らして脱落せしひとりのアナを埋ずめむ思索

アジビラにてつくられし機に着くところなき悲しみは　誰のもの？

プラカード一枚一枚焼きながら炉は人を焼く日にあこがれる

校塔より高く半旗をひるがえし〈トロ〉の死を待つ　冬の飢餓

立看板《たてかん》の朱の文字冷えて光るとき苛ちているもう一人の僕

〈冬〉に麻痺せし顔がまた登り来て教育不在の丘のにぎわい

〈人間〉を奪う講義の始まりをチャイムは告げて無期限の冬

朱の雫

I

美化強うる党、故にかくあざやかにつやめく旗を雨に連ねる

挫折より挫折に至るみちのりの重き証しの旗打ち振る

指導部の一人に対ける批判にてまた自らに還らん言葉

一億の疲労集めて　竿伝う雨滴朱色に染められぬ

Ⅱ

〈ガ島戦記〉父亡き書庫にあるのみのただあるのみのうすき造本

〈裏切り〉の季節五月の空はれて我の握手は我が手を握る

崩壊土の記号を付せる一地帯病める思想のごとき矩形よ

極端を通し内部に課す義務の重き日昏れとなりて歩めり

埋立地の風乾きつつフェニックスの葉裏は艶をおさえて光る

未組織層のひとりのものとして吐けば我が声音の寂しきものを

異端の歌（「短歌」昭和三十九年七月号掲載）

枯草の風に鳴れるをさわやかな滅びの音と聞きて夜におり

喪の幕の垂るる如くに夜闇あり無限に深き襞を持つ幕

燃ゆるもの烈しきものを秘めながら法衣の袂に風受けていつ

笹生吹く風の音よりなお近く夜気の洩らせる不信を聞きぬ

笹鳴らす風絶えしより刻長く結末あらぬ物思いしぬ

流れ清き谿を描ける画布一つ眼《まなこ》に入りぬ救われ難し

石塀に絡む葉のなき冬の蔦われに異端の血を甦らす

残像に過ぎずなりたる一人《いちにん》のセーターの胸美しく顕つ

敏感に風を捉えて笹は鳴りわが後頭に重き夜が来る

愛根を断つに通ずる所作として一人風呂場の夜に頭剃る

長島蛎年譜

昭和十九年
九月二十五日　静岡県賀茂郡賀茂村宇久須四番地に出生。本名英勝。父叩宗、母寿子の次男。兄一道、弟一真の三人兄弟。
昭和二十六年
四月　村立宇久須小学校入学。
昭和三十二年
三月　村立宇久須小学校卒業。同年四月、村立宇久須中学校入学。
昭和三十四年
十二月　東京都文京区立九中へ転校。駒込浅嘉町徳源院へ居住。
昭和三十五年
四月　九中を卒業後都立向ヶ丘高校定時制へ入学。
昭和三十七年
六月　香蘭短歌会へ入会。作品発表始める。
昭和三十八年
三月　父叩宗遷化。
昭和三十九年
三月　都立向ヶ丘高校定時制卒業。
四月　東洋大学二部文学部国文学科入学。兄一道と短歌研究会創設、会計となる。
六月　文京区駒込曙町九内田方へ転居。「斜塔」創刊号発行。「日本抒情派」創刊に参加する。
七月　「短歌」読者短歌年度賞佳作入選。
昭和四十年
四月　短歌研究会書記に就任。
五月　杉並区和泉町二八七湯川方に転居。
六月　「我が生涯のうちでもっとも苦しい時期かも知れない。何を信じたらいいのか。何を求めるべきか。混沌――ともあれ俺は生きている。」一九六五・六・三〇――
（「二十八」三号の扉に記された言葉）
九月　文学部自治会広報局長となる。
昭和四十一年

四月　自治会副委員長となり、短歌研究会の方は会長に就任。
五月「香蘭」五月号の作品を最後に同会を退会、以後結社へ属さず。

昭和四十二年

四月　短歌研究会渉外委員となる。
九月　〝学則・川越闘争〟においてサークル共闘会議事務局長に就任。
九月十五日「ＬＳＹに加盟しよう。そうしないかぎり日和切った体質は改善できない。自己批評でも何でもするさ」――（「ノートⅠ」より）
（この年、杉並から板橋を経て赤羽に居を移し、測量技術を習得する）

昭和四十三年

四月九日「ＬＳＹ洋大班の諸君、誉れ高い裏切り者たちよ！君たちは依存したぼく自身の愚かさを含めて、今や君たちに対して挑戦しなければならない（中略）はっきりしておこう。君たちとぼくとの関係は、裏切り者と被裏切り者の関係なのだ。」
六月十日「木更津沖の曇った波頭。ぼくが死んでも海は敏感に空の色を映すだろう。それは、ぼくが生きていても変らないだろう。
疲れた！全存在を賭して敗れたのちの挫折感――」
九月二十九日「（前略）学生運動――この四年間に最も力を注いで行動しました。寝食を投げうつこともしばしばあった訳です。そしてその中で自分自身の存在を確認してきました。そして同時に大きな絶望を受けました。結局、学生は革命の主体にはなり得ないということを感じました。つまり、学生運動は労働運動とぴったり重なりあうこと、乃至は連続することをもって、そのエネルギーを活用できるのだと思います。これから、思想と行動を一致させるということは、いうまでもなく労働運動の一翼に参加することです。（後略）」

十月十四日 「労働運動への第一歩として国鉄受験を決意する。国鉄労働者となることは、労働運動のため、ないしは労働運動を通じて生きるためであり、それだけの意味しかない」

十月十六日 「(前略) ぼくは君が好きだ。いつまでも一緒に生きてゆきたいと思う。しかしぼくの道は、精神的にも経済的にも常に不安と圧迫を感じずにはいられない道なんだ。ぼくに社会主義がなかったら、自信と保障とをもって君にプロポーズする。非所有の道を歩くことがいかに寂しいものであるか、今思い知らされている。しかし非所有の人生とその尊とさを教えてくれたのは間接的とは云え君だった。君がいなかったら、三流大学の学園紛争のなかで、政治生命を失ない、信頼していた前衛集団に裏切られた傷手から、ぼくは再び起ち上ることはなかっただろう。それだけで充分だというのではないけれど、少くともそれだけで君に感謝しなければならない (後略)」

十月二十日 「サ共闘の一匹狼を自称して〝社会主義のためにはすべてを放棄する〟と豪語した男は一体どこへ行っちまったんだ!!労働運動の場を得たとか何とか言っているが、結局、社会主義を利用して小市民的生活のキッカケをつかんだことがうれしいんじゃないのか。一人の女のために何も手につかないなんて言ってるのは誰なんだ。……声にならない自分への哄笑」——以上「観念戦線」より

(この年川口市小谷場へ転居。年末、国鉄に就職。大宮保線区蕨保線支区に勤務。大学は中退する)

昭和四十四年

一月七日午前十時二十四分、国鉄蕨駅付近の線路上で測量作業中後進電車に気付かず、接触して殉職。二十四才。

あとがき

長島蛎・長島英勝・宇久須一郎の名で発表された作品は六百首を越え、初期の多くが掲載されている歌誌「香蘭」、後半の大部分の発表場所東洋大学二部短歌研究会会誌「斜塔」の他、東洋大学二部文学部自治会会誌「高嶺」、同国文科クラス会会誌「二十八」、歌誌「日本抒情派」、総合誌「短歌」等にもその名を見ることができる。

これらの中より、一道と私とで選歌した結果が『寡黙な鳥』一巻である。一群の題は蛎自ら名づけたものはこれを用い、ないものは適当につけた。尚、蛎には初期二年間の作品を自選した歌集「梢吹く風」（未刊）があるが、「香蘭」で選を受けた作品以外は収めなかった。

蛎の発表したエッセイも少くないので少しではあるが収めた。「作歌以前」は自ら作歌以前の作品集としてまとめてあったものである。

カットは蛎自らの手になるものである。

蛎の遺品の中から発見された二冊のノート、即ち「ノートI」(題がなかったので仮に名づけた)「観念戦線」は、それぞれ昭和四十二年、四十三年頃の内面を日記風に記してあったもので、年譜作成の折使用した。蛎を理解して頂きたいと願うゆえである。

『寡黙な鳥』の編集は合議によるものであるが、蛎がもし生きていてこの時点で歌集をまとめるとすれば……という点、そして多くの人々に蛎自身の生の意味を考えて頂きたいために幅広く紹介するという点、の二点を貫いたつもりである。

ともかく、時間の余裕があっての作業ではなかったので資料集めなどに見落した点があったかもしれない。御教示頂ければ幸いである。

「寡黙な鳥」の飛翔らしい飛翔を見ることは遂にできなかった。私達残されたものにできることは「寡黙な鳥」の「寡黙」なる意味を確認し、別な鳥の飛翔を期待して、この一巻を世に問うことだけである。

最後に、この歌集刊行のために御尽力下された友人の皆様方、最も多忙な時期にも関わらず印刷の労をとって下された従兄・文寿堂印刷所肥田一弥氏、および生前お世話になった多くの方々に対し厚くお礼申しあげる次第です。

昭和四十四年八月

弟　一真　記す

解説

濱松 哲朗

不謹慎を承知で言うが、夭折の魅力というものがある。彼らの才能を円熟させることなく終わらせたこの世の運命の非情さを憎みながらも、死によって永遠のものとなったその若い才気や熱意を、平凡に生きのびている我々は羨まずにはいられない。殊に、死の魅力に憑かれた者にとっては、ほんの一瞬だけこの世に現れ、原石のごとき輝きを残して消えた彼らの存在は、時に眩しく、美しくすら見える。

夭折歌人と聞いて思い出すのはどんな名前だろうか。戦後に絞っても、中城ふみ子、相良宏、岸上大作、小野茂樹、安藤美保、中澤系、笹井宏之――、と複数あがるだろうが、その中に長島蛎（一九四四～六九）の名が含まれていることは稀だ。長島蛎は、「塔」の坂田博義（一九三七～六一）、「コスモス」の杉山隆（一九五二～七〇）と並んで、遺歌集はあるらしいが実際に作品をまとめて目にすることの難しい夭折歌人の筆頭だった。

かく云う筆者の認識も、蛎の名前は岩田正『現代短歌の世界』(国文社、一九八一年)所収の「戦後の夭折歌人」という記事によって、辛うじて名前は見たことがある、という程度のものであった。最初は「レイ」という名前も読めなかった(岩田の記事を含め、多くの文献では「長島蠣」と旧字で表記されており、余計難読である)。図書館で『現代短歌大事典』(三省堂)を確認するまでは、一道、蛎(英勝)、一真という三兄弟の末弟が「まひる野」の大下一真氏であることも知らなかった。

それでも、この「名前の読めない夭折歌人」を筆者が記憶していたのは、先にあげた夭折の魅力に加えて、彼の歌の巧さによるところが大きい。岩田の記事で引かれていた五首を改めて引こう。

浚渫船の窓より洩るる貧しき灯それのみに暖かみ感ずる港
夜半に嚙む氷の音のこめかみに響く寂しさ疲れたるかな
雨降れば雨を残さず吸う森か吐息に似たる濃き霧を生む
バリケードにひき裂かれたるはつなつの空間が喪の姿勢を見せて

並び立つ樹々に無風の夜が幾夜あらむ幾夜の我が思いごと

一首目の「浚渫」とは港湾や河川の底の土砂を取り除く工事のことで、その作業に用いられる浚渫船は一見すると重機を装備した小型の人工島のような形をしている。蛎の歌作時期は高度経済成長真っ只中の一九六〇年代にそのまま当てはまる。工業化が進み、鋼鉄と機械に取り囲まれた無機質な夜の港で、浚渫船に点された「貧しき灯」にふと「暖かみ」すなわち人間の気配を感じ、束の間の心の平安を取り戻す――。寄る辺ない孤独を抱えた人物の心象が、確かな描写力と過不足ない言葉の運びによって、読者の内にすっと顕ち上がってくるのが分かる。二首目、当時の冷凍室付き冷蔵庫の普及率からすれば、自宅であるか飲食店なのかは判断し難いが、氷の冷たさと溜まった疲れが呼応して、主体の孤独さを強調している。三首目や五首目は、蛎の心象的作品の典型だ。森から吐息のように流れ出る霧や、無風の夜に並び立つ樹々は、読者の眼前にはっきりと像を結ぶ一方で、読者の心に言い知れぬざわめきを呼び起こす。学生運動の場面を詠んだ四首目も、「空間が喪の姿勢を見せ」るという概念的把握を、「ひき裂かれたる」の語がバリケードを描写しつつ周到に準備している。

歌の構造はどれもシンプルだ。難解な要素や技巧は殆ど見られない。描写された情景と抽出された感情とが、一首の中でゆるやかに結びつくことで余情を生み出している。提示される人間の内面はひたすらに暗いが、文体は常に平明さを保っている。二十代前半で、こうした職人気質の巧さを身に着けているのは、やはり貴重だ。そして、蛎の文体は、いわゆる前衛短歌からも、安保を詠んだ学生歌人たちの作風からも幾分距離がある。歌集後半には、岡井隆や岸上大作を連想させるような幾つかの試みの形跡も見られるが、蛎の本質はやはり、シンプルな抒情歌にあると言って良い。

そんな蛎の作風を思うと、滝沢亘（一九二五〜六六）という、前衛短歌批判を投げかけたこともある伝統派側の歌人に私淑していた事実にも合点がいく。蛎は「かぎりなく滝沢を愛した。なによりその技法の大半の影響を滝沢に負っている」と、件の記事の中で岩田正は指摘している。「リアリスティックな野太い線で、輪郭あざやかに歌いあげてゆくのである。そして両者に共通な事象の捉え方は、事象が単に事象として捉えられるいわば写生的把握ではなく、事象は常に作者の心象の反映として捉えられていることである」。

滝沢亘も、最近は言及される機会が少なくなっている。『現代短歌入門』に見られる岡井隆との隠喩論争を通してのみ、滝沢の名を知っているという世代も多いだろう。ここで試しに、滝沢の歌と蛎の歌を並べてみるとしよう。

【滝沢亘】

鰯雲北にかがやきこころいたし結核家系われにて終る　『白鳥の歌』

あるときは騙すごとくに診てくるる医師に応へて騙されてゐき

てのひらに稚きトマトはにほひつつ一切のものわれに距離もつ

わが内のかく鮮しき紅《くれなゐ》を喀けば凱歌のごとき木枯　『断腸歌集』

人妻の美《は》しき日われは心飢ゆ黄落の森むごくにほひて

【長島蛎】

亡き父に背きたるかな明けきらぬ窓は異端の目に沁みる青　『寡黙な鳥』

我が裡に我が拓きたる墓原の二つの墓碑に過去の陽が射す

性二面描く使い分けて生くる我が眼に深し濃紺の夜空《そら》

武器ひとつ持たぬ防備にたわやすく入り込み来たる夜の雪片

風よりも風らしきものの吹きごもる裡かレモンの香りを愛す

結核を患い、サナトリウムでひとり歌と向き合い続けた滝沢の歌には、常に死への意識が纏わりついている。歌の中に「妻」や「人妻」が頻繁に登場するが、これは娶る対象を欲する病者の自己を描くことで、生への執着を自虐的なまでに示したものである。こうした自己の露悪的側面からも目を背けない作歌姿勢は、滝沢自身の潔癖な性格の裏返しだとも言える。病者としての自己の運命を引き受けたからには、彼はみずからに嘘をつくことを許さなかった。

一方、蛎の歌はどうだろう。引用一首目のような、亡き父の遺志に背いて僧職への道から外れることを選んだ自分自身を「異端者」と見なした歌が集中に散見されるが、こうした蛎の自己認識には、病者としての自己を自虐的に描く滝沢のそれと相通ずるものがある。むしろ、蛎の持ち合わせていた暗い自己認識が、滝沢の潔癖さを欲したのではないか。二首目は「日本抒情派」第二号（一九六四年七月）にも見られる歌だが、裡に拓かれた墓原とそこに立つ墓碑は、葬り去りたい過去の記憶の象徴として読み取れる。二つの墓碑を、一つは亡き父のもの、もう一つは蛎自身の、僧職についていたかもしれない可能性や未来を葬ったものとして深読みすることも可能だ。みずからを束縛してやまない過去を抱えながらも、おのれの心の闇を凝視せずにはいられない。そうした自己に対する潔癖さをもって歌を詠むことで、蛎は自己を捉え直し、心の闇を表現として昇華させようと試みたのではないか。

蛎は定時制高校から東洋大学二部（夜間部）に進学し、やがて中退して国鉄に入社する。年譜に引かれたノート「観念戦線」の記述によれば、蛎の学生運動への熱中はかなりのものだったらしい。その上、どうやら恋もしていたらしい。こうした記述を素直に読めば、運動の中にみずからの活路を見出して奔走しているようにも見えるが、筆者にはむしろ、強い口調でノートに思いを書きつけることで何とか自己を鼓舞しようとする蛎の痛ましさを思わずにはいられない。一度「異端者」の自覚を持った人間が、運動という全体の内へ、そう簡単にみずからを紛れ込ますことが果たしてできるだろうか。歌集の後半には、引用四首目に見られるような、運動に身を投じていた頃の作品が並ぶが、多くの仲間と活動を共にしていたはずなのに、作品は常に集団における自己の孤独を突く。「異端者」の自覚は、時に世間の主流に対する嫌悪と羨望として、自己批判を含みつつ蛎の心に渦巻いていたのではないか。時折見られる表現上の甘さや、余情に寄りかかったような安易さは、自己批判と自己慰撫の間でゆらぐ作家の葛藤の軌跡とも言える。完全な孤立にも、運動の全体にも身を振ることができず、両側から侵食され続けた愚かな自己は、やがて灰色のかなしみを吐き出す。蛎の歌はだからいつでも、灰色の抒情歌なのである。

蛎が国鉄の線路上に散って、五十年近くが過ぎた。参加した「日本抒情派」(一九六四年)は僅か四号で終刊し、「香蘭」を退会した後は学内の冊子「斜塔」が主な発表場所だった上、歌壇的な人物関係が殆ど見られないことも、短歌史の中で蛎を語りづらい一つの要因になってしまった(もっとも、「日本抒情派」終刊号の名簿によれば、蛎は「会員」ではなく「同人」であり、二十歳そこそこの蛎を「同人」に推す声が滝沢の周辺にあったことが想像される)。結局、兄である長島一道(一九四三~七六)が「歌詠みとして君の名は歌壇に残らないに近い」と記した通りになってしまったが、それではあまりに惜しい。

心象を単にイメージとして流すのではなく、心に引っかかった鉤爪やそこから滲む血の色に至るまで凝視することで、何故それが胸の内に引っかかり続けるのかを蛎は歌を通して思考した。この孤独で稀有な才能がほんの短い間この世に羽根を広げていた事実を、飛翔し切れなかった灰色の抒情を、いま一度味わってほしい。

GENDAI
TANKASHA

歌集　寡黙な鳥〈第一歌集文庫〉

平成三十年一月七日　初版発行

著　者　長島　蛎

発行人　真野　少

発行所　現代短歌社
〒一七一―〇〇三一
東京都豊島区目白二―八―二
電話　〇三―六九〇三―一四〇〇

印　刷　日本ハイコム株式会社

定価　本体800円+税
ISBN978-4-86534-221-5 C0192 ¥-800E